잘 가라 내 청춘

잘 가라 내 청춘

이상희 시집

민음의 시 25

민음사

自序

전동차(電動車) —— 철갑 캡슐에 실려
호흡곤란으로 숨차하다가 고개를
들어 보면 내려야 할 역(驛)을 또
지나쳐 버렸다…… 낭패
죽음의 기나긴 식도(食道).

지나쳐 버린 역들을 멍멍하게 바라본다.

1989년 11월
이상희

차례

바느질

남루를 기우려고
그는 실을 바늘에 꿴다.
그가 타고 앉은 섬이
기우뚱 몸서리를 쳤다.
바늘귀에 들어간 그의 눈이
귀를 막는다.
그는 귀가 멀었다.
바늘귀는 낙타 눈만큼 열렸다.
오관(五官)으로 꼬인 실이
거짓말처럼 꿰인다.
매듭을 짓고 일을 시작하는 것이
바느질뿐일까.
그는 홈질이 마음에 들었다.
말줄임표같이 점점점점……
그러면 쓸데없이 열린 것들이 닫혔다.
때로 한눈을 파는 마음이
손목을 봉하고,
그가 앉은 섬에는
낙타가 바늘 속으로 들락날락하고 있었다.

조서

　나는 나의 시대를 미행할 뿐 눈물 폭죽을 터뜨리며 뛰어가는 광장의 가장자리를 따라 초조한 범인 검은 쇼윈도에 흘낏 제 꼬리를 감출 때 겅중겅중 위태한 징검돌 개울에서 자라는 혹을 밟으며 건너갈 때 갈채에 떠내려가는 희미한 손금 찢어진 얼굴들 있었지만 나는 가까이 또 멀리서 손아귀 단단히 말아진 신문 부시게 터지는 외신 카메라 플래시를 가리느라 가끔 펴 들고는 말 못할, 말 없이.

마른 꽃 가게에서 1

연밥 하나 주시겠어요
탈색한 냉이도 반 다발
연밥은 수상하다니까요
이렇게 많은 구멍들을 보세요
절망을 놓쳐 버린 표정이군요
태평성대의 문호(文豪)처럼
하얗게 색(色)을 벗고 혹시
마른 침을 삼키는 중일까요
먹거리의 신분을 벗어난
예명(藝名)이 없는 냉이 말이지요
뭐라고 하나요
아 화냥녀같이라고
그렇게 빨갛고 노랗게 물을 들인
강아지풀도 한 다발씩 주세요
이런 진짜 얼굴이 반가워요
무덤처럼 둥글게 추억을 수군대는
들국화 다발도 좋아 보이는군요
꺾인 목에 철사가 채워져 있다는 것은
벌써 아는 일이지요
이제 그만 묶어 주세요

뱀같이 욕망을 똬리 틀고 있는
저 칡덩굴 바구니에
우리의 어수선한 배경(背景)을
결박지어 주세요.

밤 기차

의자는 달리고
추억은 날뛴다
창밖 검은 바다 저 멀리
먼 북소리 물거품처럼
둥 둥 둥 떠오르는 얼굴들
스쳐 달리는 마른 번개 속.

모든 멈춘 피는 흙 속으로 가고

살에서 깨어나 해골로
걸어 다니는 나라
넘어져도 쓰러지지 않았다
서로 족쇄의 흔적을 문지르며
찬비를 맞는 즐거움
환하게 살아 있었다

모든 멈춘 피는 흙 속으로 가고
남은 피는 흙덩이처럼 푸들거리고
썩었다

저녁 강변에 앉아
폐선(廢船)에 그림자를 태우면
매운 바람이 와서
밀어 주었다

드라큘라

내 눈 속의 공포를
좀 크게 그려 주세요
송곳니를 번쩍이며
저는 지금 가야 해요
빈혈이거든요
몹시 어지럽거든요
바람이 이런 식으로 불 때
참을 수 없거든요
누군가의 피가
부르거든요
어느새 이빨이
미녀의 목에 꽂혀 있거든요
혼혈의 뜨거운 방전
입술이 불붙거든요
운명이 재처럼
식은 연기를 피우거든요
그때
공포를 아는 척해야 하거든요.

북

텅 빈 칼집의
평화 거꾸로 솟구치는
불안 빗속을 날아다니는
눈 감은 물고기 떼 혼절한
기억의 발바닥에 닿는 모래땅

나는 북이니?
불안이 툭 치면 쿵 하고 울리고
슬픔이 슬쩍 지나가도 쿵 하고 울리고.

구토

풍문은 죽 솥에서 끓고 있고
마 말이 안 나와서 변기를 끌어안고
꿇어앉은 나날 얼굴은 뒤집히고
이별에 닳은 손들 젖은 창 앞을
덮을 땐 튀어 오르는 토사물 다시
두 눈 가리니(혼돈의 옛꿈 그대로군
다른 생을 살고 싶어. 쭈그린 내
위에서 누군가 또 구토를 할 테니.
오늘부턴 처절 철저하게 뒤집어엎을래)

불온하게 우거진

쇠는 쇠였으면
나무는 나무였으면
하늘은 그냥
하늘이었으면
바람은 바람이고
꿈은 꿈이고

(나는 사람이었으면)

남이 되어 가면서
자꾸 웃어 버리는,
먼 하늘에 얼굴을 걸어 놓고
갈가리 팔을 찢고 마는
불온한 바람 나무…… 로
우거진 나.

하지

정오의 실내
숨어 들어온 해의 은사(銀絲)
한 움큼 그대처럼 다정히
목 조른다 창이 타는 냄새가
코를 베는구나 부를 이름이
없구나 연필을 쓰러뜨리며
손가락이 불기둥
화염이 강처럼
흐르는구나 두통을 알리는 박동의
시보 뚜 뚜우 뚜 캄캄 캄캄한
생의 아가리 속으로

툭

잘린 목이 떨어지는구나 검은 갈기를
날리며 해의 은사(銀絲) 백발처럼 한데 섞여
날리며 부릅뜬 눈 멀어져 가는구나

오늘은 하지(夏至)
죽음이 가장 긴 날.

야근 수첩

밤. 종로의 밤. 구겨진
은박지. 미로의 지도
한 장. 광화문 지하도.
제 꼬리를 물고 돌아
가는 검은 모노레일.
나란히 달리는 피로의
박물관 쇼윈도. 창에
거대한 나방의 날개를
펼쳐 읽고 있는 문명의
원주민. 눈물 나는 하품.
얼굴을 찧다 서로 쳐다
보며 화들짝 놀라는 척.

비밀

난 텅 빈 동굴
축축하게 굶주린 혼(魂)
박쥐처럼 펄럭이는
눈먼 음악(音樂)을 위해
버려진 구멍이야

놀라서 벌어진 입 같지?
독수리가 파먹은 눈 같지?

하느님은 입술 위에
손가락을 세우시고
쉬이 쉿 하시지만.

쉬고 있는 권투사*

새벽 대중 목욕탕에서
코피를 쏟다가
── 모로 누워 볼까
샤키아무니 열반 드시던 자세
아무도 깔아 주지 않던 내 생의
주단을 스스로 펴고

흠뻑 젖으면서
오, 빈혈만 아니라면
곤두서는 꿈들
따라 누워 주기만 한다면.

* 그리스 조각의 동명이물(同名異物).

라이너 마리아 릴케 1

사막에서 반 평 이불을 덮고
몹쓸 꿈을 꾸고 있어요
꿈의 그물 자락이 눈썹을 스쳐
둔한 눈꺼풀 밀어 올리면
당신처럼 모르고 켜 둔 별 하나
눈부셔요, 모래알 냉기 쓰라린
등짝에 어머니의 눈물을
발라 줍니다
잠 속에서도 잠들지 않던 바람
먼 남쪽에서 구겨진 휴지로
불려 다니는 어머니가 붕붕 치솟아
오르고 쓸쓸한 물에 몸이 불어 터지는
잠꼬대 사이론 긴긴 비명이,
코피가 흐릅니다
잠 속에서 흐르는 스물여덟 살의
피가 노래 위에 흉터처럼
부풀어 오릅니다

라이너 마리아 릴케 2

침통한 연인의 겨드랑이에
미친 꽃이 한 송이
피었습니다
검은 안대로 행복을 가리고
돌기둥에 이마를 찧으며
술래가
되었습니다
연인은 겨드랑이를
긁었습니다
무궁화 꽃이 피었습니다
미친 꽃이 피었습니다
릴케가 피었습니다
웃었습니다
울었습니다
눈물에 떠내려가기 시작했습니다
아무도 찾지 못한 술래가
검게 물든 눈으로
연인의 꽁무니를
따라갑니다
큰 발자국 속에 작은 발자국을

찍으며
손바닥을 맞추며
꽃집을 지나칩니다
키가 큰 연인이 장미가 허구라고
고개를 흔들고
잇몸살을 앓으며 복창!
복창합니다
장 미 는 허 구
장 미 는 허 구

고흐 1

푸른 저녁이었지
뜨거운 진흙을
이마에 발랐어
미친 달이 뜨고
수화를 시작했지
바람 속이었어
나무를 불길처럼
말아 올리고 우 우
쏟아지는 까마귀 떼
지평선이 무너졌어
짓물러 터진 영혼
달 같은 광기 하나가
느닷없이
사라졌어.

고흐 2

새벽 세 시 반
꿈의 천창(天窓)으로 얼핏
지나가는 그가 보인다
여자의 비린 맛도 모르고
찬 커피와 검은 빵을
씹던 사내가
화구를 편다
새벽 세 시 반 잠든
얼굴 위로 가끔
떨어지는 그대 살점
붓을 쥔 채 까무러치는
까무러치면서 자신을 노려보는
노려보면서 다시 일어나는 그대
촛농처럼 뜨겁게 고여 온다
새벽 세 시 반

잠든 몸에서 빠져나와
울고 있을 때.

디킨슨의 푸른 옷소매

에밀리 디킨슨 할머니
저를 무등 태우시고 먼 바닷가
초면의 모랫벌로 데려갔어요
지친 짐승 하나 안 보이고
조개껍질 속엔 조개들이
편안하게 살고 있었어요
할머니의 푸른 옷소매
바닷물에 적시더니
상한 발을 씻어 주시곤
소리 없는 눈물처럼
가만히 내려놓으셨지요
손뼉을 치며 뒷걸음질 치시는데
두 팔을 벌리고 띄엄띄엄 다가가면
껄껄 웃으며 물러나셨어요
(파도가 게를 감추듯이 할머니, 저를 안아 주세요)
멀고 먼 바닷가 초면의 모랫벌
묶인 배 한 척 없고
에밀리 디킨슨 할머니
처녀 적 웃음소리
고스란히 살아 있었어요.

동해 기행

다시 살아서 눈 뜬다면
저렇게 달려 봐야지
바람과 병이 때릴 때에도
먼 종소리처럼 은은히 울며
웃으며 그리운 나무 사이 사이
노래 부르듯 스쳐 가야지
다시 살아서 눈뜬다면 저렇게
맨발의 물방울들
바위 타고 넘으며 미끄러지듯
솟구치며 가라앉으며 꿈꾸며 잠 깨듯
달려가야지
어느새 큰 바다에 이르러 머리칼
젖은 채 선혈의 젊음 뚝 뚝 흘리며

다시 살아서 눈뜬다면

생일

오뉴월 장미 덩굴은
비장한 최후를 웃어넘기느라
머리채 흔들어 봤겠지만
그때 어머닌 영문도 모르고
출렁, 함께 흔들리다
저를 홀리셨지요
쓰디쓴 홍소
한 점이 자라서
어머니 오늘은
퉁퉁 부은 '문학과 사회'
여름호를 타고 백기를 흔들다
말다 하며 흘러갑니다
광대뼈가 상쾌한 망망대해
아침의 보트피플.

길 1

발이 점점 느려져
포플러 가로수에 기댄
젖은 이마

개미 떼가 흩어져
비껴간다

깊은 눈 감았다
뜨는 사이
우연한 어둠이 와 있고

다시 걸으리
믿음은 아직 도착하지 않아
지나가는 버스를 세어 보는
수많은 저녁

길 2

뱀은
쓰라린 배를 부비며
황토와 잡풀의 길을
끌고 간다
아무도 돌볼 수 없도록
무섭고
징그러운
모습으로.

저녁 일곱 시 이십 분쯤

앓는 머리를 벗어
옆구리에 끼고
회사를 나오는데
수위는 으레
사람 목엔
머리가 붙어 있으려니
얼굴 없이 인사를 해도
안녕히 가시오
내일 봅시다
평화로운 제의를 한다
옆구리에 끼인 머리는
투구처럼 묵묵히
다시 쓰일 전쟁을 기다리며
다만 버릇이 된
불안의 눈꺼풀을
파르르 떠는데
가을 거리의 좌판에는
붉고 푸른 혹들이
그득히 쌓여 있다.

장마

네 창에 오는 비는
내 눈물 아니지?
내 창에 오는 비는
모두 아는 눈물이야
창에서 뺨으로
빗발칠 때마다
내 눈물 네 눈물

눈물눈물눈물눈물눈물
　눈물눈물눈물눈물눈물
　　눈물눈물눈물눈물눈물

애써 웃어 보는 꿈속까지.

양철북

오 오 오스카 계속
계속해서 북을 쳐! 날아가는
유리를 영원히! 계속해서 북을
쳐! 조금만 더 더 더!
그러면서 하나, 하나,
하나아 두울 셋!
걸어 나와!
유리의 파편에
매달린
허공에 못 박힌 나
나를! 날아가게 해!

오해

모난 두부처럼
말이 없다가
한순간
거대하게 웅크리는
밀반죽 덩어리.

더 굳기 전에
그대 가슴의
따뜻한 열기로
빵과 떡을 빚지 않는다면
그 허연 유령이
세세토록
우리 얼굴에
비치리니.

마른 꽃 가게에서 2

적막한 사랑의
가없는
횡
단.
마른 종이처럼
미간이 접히고
출렁
눈물바다를 걸어 나와
사막의 천장에
하얗게 식은 뿌리를 꽂고
천형으로 아픈 이마
머리칼을 쏟으며
녹슨 우수의
추처럼
흔들리기.

데이지 화분에 얼굴을 묻고

세상을 빠져나가려는 중이야
쉬잇 내 말을 들어 봐
난 다시 돌아오지 않을 거야
다·시·는·돌·아·오·지·않·는·다
다시 돌아와도 찾을 수 없도록
도와줘 데이지, 내 얼굴을 먹어 줘
내 의자와 찻잔을, 이름과
구두를 삼키고 동그란 꽃봉오리를
단단히 오므려 버려 숱한 풀꽃 더미
사이로 숨어 버려 새 주소에도
검은 새 떼가 그림자를 떨어뜨렸어
포클레인이 앞산을 퍼먹으며
뿌리 없는 나를 향해 다가오고 창문을
열면 녹슨 모래언덕이 무너질 듯
데이지, 그런데 난 돌아오고
싶을 거야 야수와 포옹할 미녀를 기다리며
끝없이 기나긴 불안의 끄나풀이 되고 말 거야
도와줘 데이지, 돌아올 수 없도록
내 생의 사진들을 먹어 줘.

쥐

내 방에 쥐를 들여보낸다
  보이지 않는 손
  보일 리가 없다
산파의 틀에 사지가 묶이고

  감겨지지 않는 눈
동공 위에 뛰어올라온 쥐들
  쓰다듬을 수 없는 팔
손톱 밑을 갉작이는 쥐들
  안을 수 없는 가슴
심장을 파는 쥐들

그토록 맛없는 꿈은
참을 수 없다는 것인지
아직 남은 살에 돋은 소름을
쥐 떼가 뜨겁게 노려보고 있다

그만 꿈속으로 돌아가고 싶어
꿈의 고무 가면을 벗고 싶어
세 겹 꿈에서 걸어 나오고 싶어

죽음을 껴안고 살아 있듯이
절망을 긴 팔에 누이고
일어나 앉고 싶어

목을 치면

목을 치면 보일 거예요
말의 식도 속으로
지옥처럼 뚫린
비명의 맨홀
조용히 물을 채우면
키 큰 꽃 몇 송이쯤
꽂힐 거예요
(사는 게 아닙니다)
목을 쳐 보세요
도도한 추물
우울한 짐승
하얗게 질린 평화가
보일 거예요.

세월

이름 없는 개들

뼈다귀가 울리도록 짖으며

길게 쓰러진 빈 병 속을

왔다 갔다

갔다 왔다

내 뜻이 내 존재에 맞지 않으니
본래의 흙으로 돌려보냄이*

욕망은 허기를 먹고 허기는 눈먼 질투를 먹고 맹목은
맹세를 걸었던 손가락을 먹고 반지는 처녀를 먹고 돌
이킬 수 없이 배가 불러 캄캄한 고리를 빠져나올 수
없지.
꽁무니를 물린 채 악몽을 질질 끌고 다니는 넌 그런데
무얼 먹고 사니?

* 『실락원』에서 인용.

봄날, 이사를 하다가

아버지의 모자를 쓰고
잠이 들었습니다 열 살이
되도록 업어 주시던 아버지
흐려지는 얼굴 뒤에서 흔들
흔들리던 졸음의 박자 낮은
허밍 사이로 지루한 봄꽃이
무릎 펴기를 했었는데
....
좋은 시절의 언덕을 구르던
모자가 꿈속에 쏟아졌습니다
적산 가옥 다락에서 이삿짐을
꾸릴 때 쏟아지던 봄
햇살 아버지 청춘의 비행접시
막내인 제가 떨어뜨리자
키 큰 오빠들이 후후
웃었을 때 그때 그 기억처럼
꿈도 끊겨 졸다 말고 일어나
으 아 아 두 다리 버둥대며
울었습니다 아직도 생머리를 한
봄 고단한 이삿날

이삿짐을 싸다 말고
추억의 중절모를 쓰고
졸다 말고.

모녀

1
둥근 풀꽃들이 비눗방울보다
더 가벼운 나를 후 후 불어 올리고
지나간 꽃댕기로 치맛자락 동여맨
어머니 볼록하게 부풀어
유년의 기구(氣球)는 자주 산사(山寺)를 향해
날아갔다 모녀를 안을 듯이
가지 벌린 나무들 사이를 흘러
단순한 개울을 건너갔다

2
저문 들판의 먼 불빛은
아버지보다 가까이 떠 있고
몇 달 만인가
종종걸음 치시는 어머니
뒤에서 나는 자꾸 발이 헛놓였다
개구리란 개구리 다 깨어나
파도 거품처럼
아득히 밀려가는 아버지
비닐하우스에

다가갈수록 뜨겁게 끓던
어느 해 김해평야
그때 이미 수렁이었다

춤

마른 꽃 대궁처럼
눈물이 빠져나간 몸에
다른 눈물이 차오르기를
기다릴 때
춤을 춥니다
밤의 텅 빈 행간
시계 소리 사이로
심장이 쿵쿵 쓰러지고
녹슨 관절이
박수를 칩니다
금세 눈물이 솟고

다시 한 번 허리를 비틀며
꿈 없는 잠이 올 때까지
가라앉거나 날아가 버리지 않는 슬픔처럼
영원히 눈물 없는 몸처럼
꺾여도 사흘쯤 웃고 있는 꽃처럼
춤을 춥니다.

봄이 보이는 망원경

봄
망원경 속에
황사 아지랑이 너머로
자꾸 달아나며
클레멘타인
벼랑처럼 뛰어넘고 싶던 날들
마른 버즘 만발한
사춘기의 언덕
보인다
아직도 그립지 않은

서랍 정리

추억의 검은 지푸라기 속에
연인이 되려다 만 명함 속에
빛이 들어간 필름 속에
놓쳐 버린 공연 티켓 속에
차마 못 부친 편지 속에
밀린 세금 고지서 속에
끼여 있는
푸른 지우개 가루

언제 털어 내나?

봄밤의 정경

세상의
상한 고기들
식탁 위에 쌓이고
푸른 입술
하얀 혀
미쳐 가는
봄
밤

내가 가끔 회상하는 건, 그날
　잠에서 처음 깨어 나무 그늘 꽃 위에 쉬고 있는
자신을 발견하고, 나는 무엇이고 어디 있고 어디서
어떻게 그곳에 왔는가를 의아해하던 그때의 일*

　눈물은 결국
　만리포 파도처럼
　죽은 마음의 눈꺼풀을 밀어 올리며
　깔깔한 사랑의 모랫벌을
　다시 달리게 했다.

* 『실락원』에서 인용.

새벽 산책

호주머니 속에는
죽은 얼굴이
식어 있고
추억이
마른 빵 부스러기를
흘리며
길을 잃고 있고
그런데
호주머니 속으로
움켜쥔 머리칼은
아직도 따뜻해
언 손을 녹여 주네

캄캄한 창문이
켜켜로 쌓여
얼어 가는
가을날

호주머니 속에는
죽은 얼굴이 식어 있고

식어 가는 내 얼굴을
묻으러 가는
새벽은
따뜻해

잘 가라 내 청춘

달면 뱉고
쓰면 삼킨다
가죽처럼 늘어나 버린
청춘의 무모한 혓바닥이여.

신파

이제 혀만 깨물면 된다
산산이 찢긴 편지
너는 날아가
흩어지기만 하면 된다
금간 술잔 내가
쓰러지기로 하고
바람이 불면
머리칼을 쓸어
넘기기만 하면 된다
모자를 쓰지 않는 나라의
너는.

열어 주세요 묻어 주세요

당신을
열어 주세요
탯줄을 움켜쥐고
동그랗게 몸을 감아
발가락을 빨면서
피 속에 양수 속에
질펀히 잠길래요
세상의 잠도 꿈도
노엽기만 해
불타는 손으로
귀를 막고 걸을 때면
그 아득한 질척임이
그리웠어요
당신을
열어 주세요
묻어 주세요

쓰레기통

거리를 점령해 들어오는
쓰레기통이 문제가 아니고요
사탄을 도발한 아담과 이브들
쓰레기통 속마다 그득한
네가 버린 나 내가 버린 너
내가 버린 나 등등이 수두룩
더러워서 개도 쓰레기통에는
다리를 못 걸친다고요.

봄 감기

봄이 온 줄도 모르고
골방에 누워
독한 사랑 앓았었네
뜨거운 눈꺼풀 속으로
푸른 곰팡이 옷장을 덮고
하이힐 무릎 꺾으며
넘어지는 소리 들렸네
천장까지 쌓인 책들
누운 이마 위로 무너질 땐
나 이미 산 사람 아닌 줄 알았네
입을 열면 꽃과 뱀
마구 쏟아져
세상의 말들 잃었었네

지금 자꾸 웃네
봄이 온 줄 알고
거리를 가다가.

짧은 회상

그를 깨우지 않기로
합의를 보았다
잘 자라
이유야 많았겠지 그러나
대체 무엇이 문제였을까
검은 장화들, 비열한 힘을
너무 많이 알아 버린 피로였을까

거대한 빵틀, 텅 빈 빌딩들 속에서
일제히 철컥
수갑을 채우는 타임 레코더 소리

살아가기에 이곳은 너무 뜨겁고
너무 찼다. 까맣게 타들어 가다가도
얼어 터지는 얼굴들이
수시로 떨어져 굴러다녔다.

그는 질문가였다.
데이지 꽃이 어떤 꽃인가?
집으로 가는 길은 먼가?

두통의 주기는, 잠은 몇 시간 자는가?
그 영화를 봤는가?
그 연극배우를 어떻게 생각하는가?

어쨌든, 불면과 악몽은 접어 두고
그도 나도 너도 틈틈이 빵을 구워 대야 했다.
그러나

그토록 미숙한 죽음이었으니.

실크로드

라일락과 개가 흔한 동네의
밤, 비탈
오르다 넘어졌다

당나라 현장(玄奘)은
백골 무더기와 말똥을 보면서
그것을 길잡이 삼아
서쪽으로
서쪽으로
자꾸만 걸었다
아득한 실크로드
반야심경을 외며

오늘
내 넘어진 코앞에
말똥 대신 개똥이
방향 없이
흩어져 있다

아득하거라
라일락 향기

봉함엽서

　세상에 나와 이로운 못 하나 박은 것 없다. 못 하나만
잘 박아도 집이 반듯하게 일어나고 하다못해 외투를 걸어
두는 단정한 자리가 되는 것을, 나는 간통을 하다가 생을
다 보냈다. 시를 훔치려고 소설을 훔치려고 외람된 기호를
가장했다. 아, 나는 남의 것을, 모든 남의 몫뿐이었던 세
상을 살다 간다. 가난한 눈물로 물 그림을 그리던 책상은
긍지처럼 오래 썩어 가게 해 달라. 단 하나, 내 것이었던
두통이여, 이리로 와서 심장이 터지는 소리를 막아 다오.
그리고 떳떳한 사랑을 하던 부럽던 사람들 곁을 떠나는 출
발을 지켜봐 다오.

그럴 수는 없겠지

이렇게 깊이 숙인 고개를 들고
문득 뒤돌아보면
아는 꽃이 있고
그 꽃 위에 토라져 가 버린 얼굴이 돌아와 있고
발자국 소리 점점 다가오고

그럴 수는 없겠지?
그럴 수는 없으니까

잘 읽히지 않는 책처럼
납작한 샌드위치 펼쳐 놓고
하, 엄청나게 먹어 치운 비극이여
다시 한번!

턱을 번쩍 쳐들고
검은 의자를 끌어당긴다.

쥐들도 알다시피

하늘에 얼음 구름
천사(天使)는 나무 천사(天使)
노천극장 무대 위에서
죄 많은 군중이 던지는
돌을 맞고 나의 백의(白衣)는
붉어져 간다

세기말(世紀末)을 피해 달아나는
저 쥐들도 알다시피
이것은 얼굴을 물어뜯으며
밤을 기어간
역사가 긴 흉몽

철새와 성자(聖者)들
날아가 버린

겨울 하느님께

우리들 작은 아이들
까마득한 사다리를 오르며
긴 꿈을 꾸는 겨울밤
하느님
휘파람을 불어 주시겠어요?
우리가 몰래
어머니의 포옹을 풀고
나무처럼 다리가 쑤욱 늘어나는
겨울바람 향기를
맡고 있는 동안만
하느님
휘파람을 불어 주시겠어요?

고독 그리고 빈혈과 탈수

이남호

   대부분의 여류 시인의 시가 그러하듯이, 이상희의 시들도 그리움과 고독과 눈물을 주로 노래한다. 그러나 이상희의 시는 스스로 오만한 의상을 걸치고 평범한 여류 시인들과 구별해 줄 것을 요구하는 것처럼 보인다. 그 오만한 의상은, 화려하거나 유별난 패션은 아니지만 독특한 분위기를 낳아 사람들의 눈길을 머물게 한다. 그리고 쳐다보는 눈길을 압도한다.

   우리 여류 시는, 오른손에 섬세하고 청순가련한 감성의 세계를 지니고 있고 왼손에는 보다 지적이고 반항적이며 일종의 무기(巫氣)가 서린 세계를 지니고 있다. 노천명, 홍윤숙, 김남조 등이 오른쪽 시인이라면, 강은교와 김승희 등은 왼쪽의 시인이라 할 수 있을 것이다. 그런데 왼쪽의 시인에 가까우면서도 거기에 포함시키기가 주저되는 시인이 있다. 최승자와 이상희 같은 시인들이 바로 그러하다. 강은교와 김승희 등이 잉게보르크 바흐만과 비유된다면 최승자와 이상희 등은 에밀리 디킨슨과 비유될 만하다. 철저한 고독과 절망 속의 유폐, 짧고 강렬하고 명확한 이미지, 그러면서도 끝내 여성적인 꿈을 외면하지 못하는 태도 등에서, 이상희는 가까이는 최승자와 닿아 있고 멀리는 에밀리 디킨슨과 닿아 있는 것으로 보인다.

실제 이승희는 에밀리 디킨슨을 자기 시의 대모(代母)로 여기고 있는 듯하다. 시 「디킨슨의 푸른 옷소매」는 시인의 체험적 시론으로 해석될 수 있다.

> 에밀리 디킨슨 할머니
> 저를 무등 태우시고 먼 바닷가
> 초면의 모랫벌로 데려갔어요
> 지친 짐승 하나 안 보이고
> 조개껍질 속엔 조개들이
> 편안하게 살고 있었어요
> 할머니의 푸른 옷소매
> 바닷물에 적시더니
> 상한 발을 씻어 주시곤
> 소리 없는 눈물처럼
> 가만히 내려놓으셨지요

지친 짐승 하나 안 보이고 조개들이 껍질 속에서 편하

게 살고 있는 모랫벌이 어떠한 세계인가는 차차 밝혀지겠지만, 여기서는 일단 시 쓰는 삶이라고만 생각해 두자. 그곳으로 시인을 인도한 사람은 에밀리 디킨슨이다. 즉 시인은 에밀리 디킨슨의 시를 읽고 자신의 시와 삶을 새롭게 만났다고 고백한다. 뿐만 아니라 디킨슨은 시인의 상처까지도 어루만져 주었다. 시인은 디킨슨의 시를 읽고 삶의 위안을 얻은 것이다. 이 위안은 동병상련과 진실성에서 비롯되는 것일 것이다. 그러나 디킨슨은 시인을 끝까지 보살펴 주는 것이 아니라 그렇게만 하고는 뒷걸음질 쳐서 멀어진다.

> 손뼉을 치며 뒷걸음질 치시는데
> 두 팔을 벌리고 띄엄띄엄 다가가면
> 껄껄 웃으며 물러나셨어요
> (파도가 게를 감추듯이 할머니, 저를 안아 주세요)

시인이 두 팔을 벌려 디킨슨에게 안기려 하지만, 그녀는 오히려 물러선다. 그녀는 시인에게 새롭고 진실된 세계를 열어 주었지만, 시인을 품어 보호하지는 않는다. 이 것은 두 가지 의미를 내포한다. 하나는 시인이 바닷가의 모랫벌에서 홀로 견뎌야 한다는 의미이고, 다른 하나는 시인의 시가 디킨슨의 경지에 닿지 못하는 안타까움의 의미이다. 시인에게 있어서 에밀리 디킨슨은, 사랑하되 변덕이 심하여 잡으려 하면 저만큼 달아나 버리는 "푸른 옷소매"의 연인이다.

그리하여 시인은 에밀리 디킨슨이 데려다 준 모랫벌을 이리저리 방황하며, "에밀리 디킨슨 할머니/ 처녀 적 웃음소리/ 고스란히" 들으며, 모랫벌의 삶을 홀로 걸어가며 그 고통의 흔적을 언어로 남긴다. 그러나 그 언어에 디킨슨의 간섭은 없다. 그것은 온전히 이상희만의 시이다.

앞의 시에서 보았듯이, 시인은 모랫벌에서 산다. 모랫벌이란 달리 말하면 사막이다. 시인이 모랫벌이나 사막에 살고 있음은 여러 차례 반복 진술된다. "사막에서 반 평 이불을 덮고" 누운 시인의 등짝은 "모래알 냉기"로 쓰라리고(「라이너 마리아 릴케 1」), 시인이 결국 달려가는 곳은 "깔깔한 사랑의 모랫벌"이며(「내가 가끔 회상하는 건……」), 시인이 사는 곳은 "포클레인이 앞산을 퍼먹으며/ 뿌리 없는 나를 향해 다가오고 창문을/ 열면 녹슨 모래 언덕이 무너질 듯"한 곳이다.(「데이지 화분에 얼굴을 묻고」) 그런가 하면, 비유적이긴 하지만, 시인의 삶은 "사막의 천장에/ 하얗게 식은 뿌리를 꽂고" 있는 마른 꽃과 흡사하다.(「마른 꽃 가게에서 2」)

몸담고 있는 현실이 모랫벌이라거나 사막이라는 인식은, 삶의 삭막함에 대한 평범한 비유에 불과하다. 우리는 흔히 삶의 불모성을 사막에 비유해서 말하곤 한다. 그러나 이상희의 시에 있어서, 모래 또는 사막은 보다 구조적이고 정교한 비유 체계의 일부를 이루는 것처럼 보인다.

모래 또는 사막의 일차적 성격은 물기의 결핍이다. 보편적인 상상력 속에서 물이란 생명이며 풍요며 욕망의 흐름이다. 모래 또는 사막이란 이러한 물기의 블랙홀과 같아서, 삽시간에 물기를 빨아서 먹어 치워 버린다. 그리하여 생명이나 풍요나 욕망을 전혀 허락하지 않는다. 그런데 시인은 하염없이 생명과 풍요와 욕망을 꿈꾼다. 세상이 온통 사막이라 물기라고는 없으므로 할 수 없이 시인은 자신의 몸에 지니고 있는 물기로써 세상을 따뜻이 적시고자 한다. 이것은 비극적인 몸부림이다. 시인이 지닌물기에 비하여 사막의 건조함은 너무나 엄청나게 크기 때문이다. 시인은 사막의 건조함으로부터 끊임없이 눈물을빼앗기고 심지어는 핏물까지 빼앗긴다. 마침내 시인은 눈물을 너무 많이 흘려 마른 꽃처럼 탈수되어 가고, 또 피를너무 많이 소모하여 언제나 빈혈에 시달린다. 이것이 이상회 시를 지배하고 있는 탈수와 빈혈의 상상력이 지닌 의미다.

마른 꽃 대궁처럼
눈물이 빠져나간 몸에
다른 눈물이 차오르기를
기다릴 때
춤을 춥니다
밤의 텅 빈 행간
시계 소리 사이로

심장이 쿵쿵 쓰러지고
녹슨 관절이
박수를 칩니다
금세 눈물이 솟고

다시 한 번 허리를 비틀며
꿈 없는 잠이 올 때까지
가라앉거나 날아가 버리지 않는 슬픔처럼
영원히 눈물 없는 몸처럼
꺾여도 사흘쯤 웃고 있는 꽃처럼
춤을 춥니다.

「춤」이란 시의 전문이다. 시인은 눈물이 다 빠져나가
마른 꽃 대궁처럼 된 몸으로 슬픈 춤을 춘다. 그동안 너
무 많은 눈물을 흘렸기 때문에 시인은 "마른 꽃"과 같이
되어 버렸다. 녹슨 관절을 움직이며 추는 춤은 애처롭다.
시인이 춤을 추는 까닭은 다른 눈물을 얻기 위해서다. 세
상이 눈물을 필요로 하므로 시인은 억지 춤을 추면서까지
다시 흘릴 눈물을 구하고자 한다. 너무나 눈물을 많이 흘
려 시인은 마른 꽃처럼 탈수 현상에 시달리는데도 세상은
시인의 눈물을 요구하기 때문이다.

이에 더 이상 흘릴 눈물이 없는 시인은 핏물까지도 흘
린다. 「쉬고 있는 권투사」에서 코피 쏟기는 눈물 흘리기
의 점층된 의미로 이해된다.

새벽 대중 목욕탕에서
코피를 쏟다가
── 모로 누워 볼까
샤키아무니 열반 드시던 자세
아무도 깔아 주지 않던 내 생의
주단을 스스로 펴고

흠뻑 젖으면서
오, 빈혈만 아니라면
곤두서는 꿈들
따라 누워 주기만 한다면.

목욕탕에서 코피를 쏟아 잠시 누워 있을 때의 순간적인
평온함으로부터 시상을 얻은 작품이다. 흘린 피 위에 누
워 있는 자신의 모습을, 붉은 주단을 깔고 열반에 드시던
석가모니에 비유하고 있다. 이러한 유추 속에는 자조와
자학이 깔려 있다. 세상은 시인의 피와 생명을 담보로 해
서만 약간의 순간적 평온함을 준다. 석가모니를 굳이 "샤
키아무니"라고 말하고 있는 데서, 그리고 흘린 코피를
"내 생의/ 주단"이라고 표현한 데서, 그 아이러니한 평온
함과 자신의 피까지 요구하는 세상에 대한 시인의 자조적
심정이 드러난다. 그러나 시인은, 허기진 꿈들이 잠들 수
있다면 그조차 마다하지 않는다. 그만큼 시인의 욕망과
꿈은 가파른 사막에서 허기져 있기 때문이다.

다시 말하건대, 시인은 너무 많이 흘린 눈물 때문에 탈수가 되어 마른 꽃이 되어 버렸고, 너무 많이 흘린 핏물 때문에 빈혈로 몸이 텅 비어 해골과 같이 되어 버렸다. 그럼에도 세상은 시인에게 물기를 요구한다. 이에 시인은 세상을 촉촉히 적시고자 하는 자신의 불가능한 욕망을 저어하고 탓한다. 그 욕망과 꿈은 시인에게 탈수와 빈혈의 고통만을 가중시킬 따름이므로 시인은 그 욕망과 꿈으로부터 벗어나기를 차라리 원한다. 이러한 심정은 위에 인용한 「쉬고 있는 권투사」에서도 드러난다. 욕망과 꿈으로부터의 벗어남을 위하여 시인은 심지어 '죽음'이나 '아예 태어나지 않음'으로의 퇴행적 심리를 보이기도 한다.

> 1) 세상을 빠져나가려는 중이야
>   쉬잇 내 말을 들어 봐
>   난 다시 돌아오지 않을 거야
>   다·시·는·돌·아·오·지·않·는·다
>   다시 돌아와도 찾을 수 없도록
>   도와줘 데이지, 내 얼굴을 먹어 줘
>   내 의자와 찻잔을, 이름과
>   구두를 삼키고 동그란 꽃봉오리를
>   단단히 오므려 버려
>
> 2) 당신을
>   열어 주세요

탯줄을 움켜쥐고
동그랗게 몸을 감아
발가락을 빨면서
피 속에 양수 속에
질펀히 잠길래요

1)은 「데이지 화분에 얼굴을 묻고」의 앞부분이다. 시인은 자신의 모든 것을 거부한다. 자신의 삶을 포기함으로써 고통으로부터 벗어나고자 한다. 2)도 거의 유사한 의미다. 이것은 「열어 주세요 묻어 주세요」란 시의 앞부분인데, 시인은 어머니의 자궁 속으로 되돌아가고자 한다. 그곳은 아무런 꿈도 욕망도 없고 다만 그리운 물기만 질펀한 곳이다. 이러한 태도가 현실의 고통을 견뎌내지 못한 자의 퇴행 심리에서 비롯된 것임은 쉽게 알 수 있다. 그러나 이러한 퇴행이 시인의 진정한 지향은 아니다. 그것은 너무나 견디기 어려운 자의 일시적인 자포요 낙망이다. '죽음'과 '아예 태어나지 않음'에 대한 시인의 동경은, 시인의 죽음에의 의지를 뜻하는 것이 아니라 시인의 죽음에 이르는 병인 절망을 뜻하고 또 그 절망은 욕망의 뒷면이다. 시인은 이 세상을 벗어나지 못하고 절망적인 욕망에 시달린다.

난 텅 빈 동굴
축축하게 굶주린 혼(魂)

박쥐처럼 펄럭이는
　　눈먼 음악(音樂)을 위해
　　버려진 구멍이야

라고, 「비밀」이란 시에서 시인은 고백한다. 텅 빔의 크기
는 곧 결핍의 크기이고, 또 욕망의 크기다. 이 결핍의 크
기를 시인은 기괴스러운 이미지로 표현한다. 욕망 또는
꿈이란 시인의 물기, 즉 생명을 고갈시키는 "몹쓸 꿈"이
요, 결코 "잠들지 않"는 "바람"이다. "몹쓸 꿈"과 "잠들지
않"는 "바람"들은 시인의 "녹슨 관절"에서도 눈물을 빼앗
아가고 빈혈의 머리에서도 피를 빼앗아 갔기 때문에, 시
인의 모습은 점점 그로테스크한 이미지로 변한다. 「드라
큘라」라는 시가 지닌 충격적 의미와 이미지는 이러한 문
맥 속에서 절실한 감동을 마련한다.

　　내 눈 속의 공포를
　　좀 크게 그려 주세요
　　송곳니를 번쩍이며
　　저는 지금 가야 해요
　　빈혈이거든요
　　몹시 어지럽거든요
　　바람이 이런 식으로 불 때
　　참을 수 없거든요
　　누군가의 피가

부르거든요
어느새 이빨이
미녀의 목에 꽂혀 있거든요
혼혈의 뜨거운 방전
입술이 불붙거든요
운명이 재처럼
식은 연기를 피우거든요
그때
공포를 아는 척해야 하거든요.

　피가 피를 불러 혼혈의 뜨거운 방전을 추구한다는 내용
은, 핑크 빛 이미지를 걸치고 나올 수도 있는 것이다. 그
러나 여기서는 드라큘라라는 그로테스크한 이미지에 싸여
독특한 미학의 공간을 형성하고 있다. 이 미학은 시인의
변태적 취향이 결코 아니다. 그것은 시인이 드러내고자
하는 의미를 언어로 재생시킬 수 있는 필연적인 비유 공
간이다. 앞서 언급한 바, 시인은 너무나 많은 눈물과 피
를 흘렸다. 그것은 사막을 적시고자 하는 시인의 꿈 또는
욕망 때문이었다. 이제 시인은 너무나 빈혈이 심하여 마
치 드라큘라처럼 타인으로부터라도 수혈을 받아야 할 정
도의 처절한 몰골이 되었다. 드라큘라의 상상력은 여기서
그 근거를 얻는다. 뿐만 아니라 욕망은 공포와 직결된다
는 점을 드러내기 위해서도 드라큘라의 상상력은 필요하
다. 시인에게 욕망이란 절망의 담보요 공포의 예비다. 왜

냐하면, 욕망이란 충족되는 것이 아니기 때문이다. 그러나 이처럼 애절한 드라큘라의 상상력은, 또 하나의 꿈이다. 시인은 드라큘라가 되어 타인의 피를 얻을 수가 없다. 그것은 불가능하다. 다만 너무나 빈혈이 심한데도 몹쓸 꿈과 잠들지 않는 바람은 또다시 피를 요구하기 때문에 시인은 이러한 드라큘라의 상상력에까지 매달려 보는 것이다. 이 점에 있어서 드라큘라의 상상력의 절실함은 다시 한 번 증폭된다.

지금까지 우리는, 사막에서부터 탈수와 빈혈을 거쳐 드라큘라에 이르는 상상력의 공간 속에서 펼쳐지는 욕망과 절망의 대위법적 전개를 대략 더듬어 보았다. 삭막하고 추한 세계에서 순수한 영혼이 겪는 욕망과 절망의 대위법적 점층은, 그 자체로서는, 삶에 대한 새로운 해석이나 시각이라 할 수 없다. 욕망의 본래 모습과 그것을 거부하는 세계에 대하여 정직하고 철저하게 마주 서는 문학에서라면 이러한 점은 어렵지 않게 발견될 수 있다. 그것은 의외로 우리 삶의 주변부가 아니라 중심부이기 때문이다. 다시 말해 그것은 문학의 보편적인 주제의 한 갈래라 할 수 있고, 그런 만큼 우리에게 익숙한 것이다. 그러나 보편적이고 익숙한 주제일수록 감상과 상투와 가식의 먼지를 털어 내기 힘들다. 이런 점에서, 이상희의 시가 주목되는 것은 주제가 새롭기 때문인 것이 아니라 그 주제에 새 생명을 부여하는 상상력의 공간이 개성적이기 때문이다. 살펴본 바와 같이 사막에서부터 탈수와 빈혈을 거쳐 드라큘라에 이른 그 상상력의 공간은 명징하고 당돌하고 때로 섬뜩할 정도로 긴장감이 감돈다.

이 효과는 어디서 오는 것일까? 일차적으로 그것은 정확하게 이미지를 창조하고 조립하는 시인의 조형 능력에서 비롯된다. 가령 다음과 같은 짧은 시 한 편을 보자.

> 눈물은 결국
> 만리포 파도처럼
> 죽은 마음의 눈꺼풀을 밀어 올리며
> 깔깔한 사랑의 모랫벌을
> 다시 달리게 했다.

이 시는 「내가 가끔 회상하는 건, 그날/ 잠에서 처음 깨어 나무 그늘 꽃 위에 쉬고 있는 자신을 발견하고, 나는 무엇이고 어디 있고 어디서 어떻게 그곳에 왔는가를 의아해하던 그때의 일」이라는 길고 아름다운 제목을 가지고 있다. 이 제목은 그 길이만큼 시의 의미를 보충하는 역할을 한다. 제목으로부터 짐작건대, 시인은 아름다웠던 사랑의 추억을 가끔 회상하는데 현재의 삭막한 삶에 비추어 도대체 자신에게 어떻게 그런 아름다운 일이 있었던가 의아해 한다. 즉 추억과 현실의 심리적 틈새는 넓고 깊다. 이런 밑그림 위에서 시의 의미는 온전히 이해될 수 있다. 아름다운 추억과 참혹한 현실의 심리적 틈새는 시인으로 하여금 눈물을 흘리게 한다. 이 눈물은 죽은 마음의 눈꺼풀을 밀어 올려 마음을 소생시킨다. 이 이미지는, 파도가 모랫벌에 밀려 올라가는 동일한 구조의 이미지로 변용된다. 이상회 시의 비유 체계에 의하면, 눈물은 욕망이요 생명이며 모랫벌은 삭막한 현실이다. 즉 아름다운 추억에서 비롯된 눈물은 죽은 마음에 촉촉한 소생의 물기를 주고 나아가 삭막한 사막의 삶을 파도처럼 적셔 준다. 이처럼 이 시는 아주 단순한 시이지만, 그 이미지의 조형이 정밀하여 예사롭지 않은 시적 의미를 축조한다. 바로 이러한 조형 능력이 이상회로 하여금 개성적인 상상력의 공간을 가능케 한 것으로 짐작된다.

그러나 그 공간을 가능케 한 보다 주요한 동력은 시인의 진정성이 아닐까 한다. 이것은 막연한 짐작일 수밖에 없지만, 그의 상상력이 힘을 발휘하는 것은 욕망과 절망에 알몸으로 맞부딪치는 시인의 진정한 자세 때문인 것 같다. 부딪쳐 피 흘리지 않은 사람은 신선한 비유, 살아 있는 언어를 얻을 수 없다. 그의 상상력이 긴장감을 유지하고 있다면 그것은 시인의 고통이 에너지로 변하여 투입되었기 때문이라고 생각하고 싶다. 시인은 그의 데뷔작인 「바느질」에서,

　　남루를 기우려고
　　그는 실을 바늘에 꿴다.
　　(중략)

그는 홈질이 마음에 들었다.
말줄임표같이 점점점점……
그러면 쓸데없이 열린 것들이 닫혔다.

라고 말했다. 시인의 데뷔작치고는 그 의미가 아이러니하다. 시인이 말줄임표와 같은 홈질로 남루의 속 모습을 닫아 감추고 싶다고 말하고 있기 때문이다. 말줄임표가 아니라 아예 말없음표로 남루를 깨끗이 기워 단정하게 속살을 가리는 것, 또는 충족되지 못할 욕망은 아예 가두어버리는 것, 이것이 시인의 꿈이었는지 모른다. 그러나 이러한 역설적 진술은, 앞으로의 시인의 길이 결국은 부끄럽고 고통스러운 자기 노출이라는 점을 예감했기 때문이 아니었을까? 사실 지금까지 우리가 읽은 이상희의 시에서, 우리는 시적 화자와 시인을 동일시하였다. 그만큼 이상희의 시는 자기 진술성이 강하다. 이상희는 자신의 바람과는 반대로 자신의 남루를 기워 속을 가리기는커녕 도리어 남루를 들추고 그의 속살을 정직하게 보여 준 셈이다. 이러한 정직성이 이상희 시의 상상력을 개성적이고 생기 있는 것으로 만든 근원적인 힘이었을 것이다.

이상희의 시에 관한 이상의 진술을 돌이켜 보니, 때론 모자라고 때론 지나쳤다. 여기서 언급되지 못한 측면들이 또 있는데 이 모자람은 차후를 기다리면 되겠지만, 엄격하지 못한 호감이 지나친 감이 있다면 여기서 잠깐 김을

빼 놓고 지나가야겠다. 이상희 시가 소유하고 있는 비유 체계는 정교한 대신 좁고 단조롭다. 이것은 시 세계의 좁음과도 직결된다. 과작의 시인이면서도 태작이 종종 있다. 또 호흡이 짧아, 조금 긴 시에서는 의미의 균형이 불안하다. 그리고 일반적으로 자기 진술성이 강한 시 세계는 번식력이 약하다. 즉 대량 생산이나 장기 생산이 매우 어렵다. 이러한 점들은 앞으로의 이상희 시에 대한 우려로 연결된다. 그에 대한 진정한 신뢰는, 그가 이다음에 어떤 다른 세계를 펼쳐 보여 주는가에 달려 있다. 이상희의 시는 좀 더 다양하고 발 빠른 상상력이 필요하며, 새로운 땅을 개척하여 이 지평을 넓혀야 할 필요가 있다. 지나치게 결벽하고 조심스러운 시인에게 이러한 힘이 있을 것인가 우려되지만, 한편 기대가 되기도 한다.

　이 글은 처음에 이상희와 에밀리 디킨슨과의 만남으로부터 시작되었다. 그런데 본론에서 거론한 이상희 시에 관한 진술들이 에밀리 디킨슨의 시와 어떻게 연결되는가는 전혀 언급하지 않았다. 이상희의 시와 디킨슨의 시는 서로 연결될 수도 있고 또 연결이 되지 않을 수도 있다. 각기 다른 것은 분명하나, 다만 삶과 마주 보고 고독하게 웅크리고 있는 시인의 자세는 유사한 분위기를 풍긴다. 이런 이유로, 에밀리 디킨슨의 시 두 구절을 빌어 이상희 시의 고독과 허무를 변호하는 것으로 이 글을 마감하고자 한다.

고독, 그것은 영혼의 창조자이다.

(Loneliness —— the maker of the soul.)

허무는 세상을 새롭게 변화시키는 힘이다.

('Nothing' is the force that renovates the world.)

이상희

1960년 부산에서 태어나 1987년 「바느질」 외 1편으로
《중앙일보》 신춘문예에 당선되어 등단했다.
지은 책으로 『외딴 집의 꿩 손님』, 『고양이가 기다리는 계단』 등과
옮긴 책으로 『난 그림책이 정말 좋아요』, 『심프』, 『바구니 달』 등이 있다.
시인, 그림책 작가, 번역가로 활동하며
그림책 전문 꼬마 도서관 '패랭이꽃 그림책 버스'를 운영하고 있다.

잘 가라 내 청춘

1판 1쇄 펴냄 1989년 11월 25일
1판 4쇄 펴냄 1992년 4월 5일
개정판 1쇄 찍음 2007년 4월 16일
개정판 1쇄 펴냄 2007년 4월 20일

지은이 이상희
편집인 장은수
발행인 박근섭
펴낸곳 (주) 민음사

출판등록 1966. 5. 19. 제16-490호
서울시 강남구 신사동 506번지 강남출판문화센터 5층 (우)135-887
대표전화 515-2000 / 팩시밀리 515-2007
www.minumsa.com

값 7,000원

ISBN 978-89-374-0754-3 03810